宋板駱賓王文集

六卷至十卷

下册

駱賓王文集卷第六

表啓

爲齊州父老請陪封禪表

臣聞元天列象紫宮通北極之尊大帝凝圖玄猷暢東巡之禮是知道隆光宅旣輯玉於雲臺業紹禋宗必塗金於日觀云云陛下乘乾握紀纂三統之重光御辯登樞應千齡之累聖故得河浮五老啓赤文於帝期海薦四神奉丹書於王會瑞開三脊祥洽五雲旣而緝摠章之舊文招辟雍之故事非煙翼軑移玉輦於梁陰若月乘輪秘金繩於岱巘臣等職均芻狗陰謝桑榆幸屬堯鐘多輝照餘光於連石軒圖廣耀追盛禮於撰金然而鄒魯舊邦臨淄遺俗俱稟二周之化咸稱一變之風境接青疇俯瞰獲麟之野山開翠屺斜連辯馬之峯豈可使稷下遺氓頓隔陪封之禮淹中故老獨奉告成之儀是用就日披丹仰璧輪而三舍望雲抒素叫天閽於九重儻允微誠許陪大禮則夢瓊餘息仰仙闕以相懽就木殘魂遊岱宗而載躍

和道士閨情詩啓

賔王啓學士表慶奉宣教旨垂示閨情詩并序跪發珠韜伏膺玉札類西秦之鏡照徹心靈同指南之車導發迷悮切惟詩之興作兆基遂古唐歌虞詠始載典謨商頌周雅方陳金石其後言志緣情二京斯甚含毫瀝思魏晉弥繁布在縑簡差可商略李都尉鴛鴦之詞纏綿巧妙班婕妤霜雪之句發越清迴平子桂林理在文外伯喈翠鳥意盡行間河朔詞人王劉爲稱首洛陽才子潘左爲先覺若乃子建之牢籠群彥士衡之藉甚當時並文苑之羽儀詩人之龜鏡爰逮江左謳謡不輟非有神骨仙材專事玄風道意顔謝特挺戕罰輿麗自兹已降聲律稍精其間沿改莫

能正本天縱明睿卓尒不群聽斯聲鄙師涓之作聞古樂笑文侯之睡以封魯之才追自衛之迹弘兹雅奏抑彼淫哇澄五際之源救四始之弊固可以用之邦國厚此人倫俯屈高調聊同下里思然入巧文隨手變侯調慙其曼聲延年愧其新曲走以不敏謬蒙提及謹申奉和輕以上呈未近詠歌伏深悚悉謹啓

上吏部侍郎帝京篇啓

賔王啓昨引注日垂索鄙文拜首驚魂承恩累息楚暈丹質在荆南以多慙遼豕白頭望河東而載悉其散材易朽蟠木難容雖少好讀書無謝高鳳而老不曉事有類楊雄徒以易象六爻幽賛適乎政本詩人

五際比興在乎國風故體物成章必寫情於小雅登高能賦豈圖榮於大夫盖欲樂道遺榮從心所好非敢希聲刻鶴竊譽彫蟲至若質醜行以自媒銜庸音於苟進固立身之歧路行已之外篇矣君侯蕴明略以佐時虛靈臺以照物觀梁父之曲識卧龍於孔明聽康衢之歌得飯牛於甯戚是用異人翹首俊乂歸誠猥以疵賤之姿謬奉清通之盼雖仲由之瑟終闕響於丘門而宋玉之謡讜均音於郢路敢忘下里輕冒上呈庶導起予陳卜商之四始恐吾幾子効然明於一言拜首增慙憂心如醉謹啓

上司列太常伯啓

側聞魯澤祥麟希委質於宣父吴坂逸驥寔長鳴於孫陽是則所貴在乎見知所屈伸乎知已故彫其璞嶧山有半死之桐賞其聲柯亭無永枯之竹伏惟明常伯公儀天聳構横九霄而拓基浸地開源控四紀而疏派自赤文薦祉曲阜分帝子之靈紫氣浮仙函谷誕真人之秀本枝百代君子萬年道叶神交黄石授帝師之略德由天縱白雲降王輔之精峯秀學山列三墳而仰止瀾清筆海委九流以朝宗登小魯之巖辨練光於曳馬臨大吴之國識寶氣於連牛垂秋實於談叢絢春花於詞苑辨河飛箭激流翻白馬之津文江散珠圓波漱驪龍之穴是用德茂麟趾削桐

菉以分珪道煥鶴池映桃花而曳綬既而揆留皇鑒
忠簡帝心奉職春宮爍離光於青殿代工天府明台
耀於紫宸綜理玄風爕諧元氣含暉禮閣皎愛日以
流光毓彩文昌映德星而開照若乃識度宏遠器宇
踈通明允篤誠盛業隆於厚土惠和忠肅玄功格於
上天則伊陟謝其緝熙巠咸慙其保乂舉才應器與
士無私水鏡澄花炫金波於靈府氷壺徹鑒朗玉燭
於神機則鄧攸莫際其瀾盧毓罕窺其術故使妍蚩
各安其分輕重不失其權五教克敷百揆時叙折衝
千里魯連談笑之功師表一時郭泰人倫之度加以
分庭讓士虛席禮賢片善經心揖仲宣於叅席一言

合道接然明於鄭指其蓬廬布衣菜楹韋帶自弱齡
植操夲謝聲名中年誓心不期聞達上則執鞭爲仕
王庭希干祿之榮次則捧檄入官私室庶代耕之祿
願然而忠不聞於十室學無專於一經退異善藏進
殊巧宦摶羊角而高翥浩若無津附驥尾以上馳邈
焉難託實欲投竿垂餌晦迹於渭濵抱瓮灌園絕
機心於漢渚幸屬乾坤貞觀烏兎光華嵩山動萬歲
之聲德水應千年之色雖無爲光宅欣預比屋之封
而有道賤貧耻作歸田之賦於是朅來敝牖利見金
門指帝鄉以望雲赴長安而就日美芹之願徒有獻
於至尊蟠木之姿誰爲容於左右明公惟幾成務論

道經邦一顧之隆駘足逾於仙鹿片言之重魚目軼於靈虵庶望顧兎罹箕動薫風於舜海從龍潤礎霈甘澤於堯雲則鱠餘之魚希振鱗於吴水膳後之豕翻化龜於魯津拜伏階墀增其冰谷謹啓

上李少常啓

寘玉啓竊惟陰陽作炭化一氣以陶甄天地爲鑪混萬物爲芻狗然則璧輪均照或流景於萊城玉燭平分獨翔寒於黍谷是汙隆迭襲榮悴相循得氣者繁滋失時者零落伏以君侯踈乾激派龍門開竹箭之波鎮地攅基鵠翅峙蓮花之嶺曜重暉於若月炳疊彩於非煙至若瑞動赤光著元勲於東漢烽驚紫塞

宣武功於北征弈葉龍光蟬聯龜組德攸天縱白星降王輔之精道叶神交黄石授帝師之略故得三千運北擊舜海以遊鱗九萬圖南望堯雲而矯翰折衝千里魯連談笑之功師表一時郭泰人倫之度於是九重銜絨照星影於宸維四達埋輪振霜威於權右加以分庭讓士虛坐禮賢片善必甄揖虞翻於東箭一言可紀許顧榮以南金寘王蟠木朽株散樗戝質墻面難用灰心易然退無毛薛之交進乏金張之援塊然獨居十載於兹矣然而日夜相代笑溝壑之非遥貧病交侵思薜蘿而可託欲乗幽控寂追綺季於青山樂道棲真從魯連於滄海幸屬舜門廣闢漢幣

交馳遂得佇嘯高丘應箕文而動韻聆吟大野浮艮軸以流陰將恐在藻纖鱗終寡登龍之望捿揄弱羽徒仰搏鵬之高所覬曲逮恩光資餘潤於東里襲承導引託輕夢於南樛撫巳多慙循躬增懼謹啓

上兖州啓

側聞未遇孫陽鹽車無絶塵之迹時逢和氏荊山有連城之珍豈若聽清音於爨餘則枯桐發響收夜光於玄璧則恡石騰輝在物猶然況於含識者矣伏惟明使君鳳穴振儀龍門標峻瓊彫岳立表秀干雲霞煥霜霏澄虚鑒物既而代工天府忠簡帝心擁熊軾而撫百城建隼旟而臨千里坐棠敷恵恩纏去思剖

竹垂仁式歌來暮清凝夜燭化警晨烏外昂九農內弘五教導之以禮樂齊之以刑書約法遵寬設蒲鞭之耻立言惟信控竹馬之期甘雨隨車雲低輕重之蓋珠還合浦波含遠近之星至如卧理稱難坐嘯匪易披裳問疾垂愛景以字人褰帷廣聽穆薰風而扇物嚴霜秋降叶隼擊而防小人零露春濡飾羔旌而禮君子於是仁必有勇吏不忍欺美譽欝於三齊芳猷騰於萬古若乃清規遠鏡皎月色於靈臺玄鑒虚凝穆松風於智府研機十筴探賾九流縟琴蕚於詞林綷鮮花於筆苑文江翻浪織玉繳以韜霞學海驚瀾綴珠鱗於濯錦加以懸榻待士擁彗禮賢汲引忘

疲獎提不倦懷經味道之客望範圍以駿奔兼流包略之夫窺義園以遐集求小善於毫芥顧正禮於二龍振幽滯於沙泥許明公於一驥賓王淹中故俗體朴厚之弘規稷下遺甿陶禮義之餘化頗遊簡素少閱縑緗每蟋蟀凄吟映素雪於書帳莎雞振羽截碧蒲於翰池既而學異懷蛟才非夢鳥價不齊於南漢芳不重於東山幸屬日月光華雲霞紛郁方結羨魚之網將謡扣角之詞奮短翮於搶榆希高標之餘拂濯纖鱗於涓滴望鴻浪之微霑所冀顧盻曲流翦拂增價則鈆刀起一割之用跛鱉致千里之行是知竊混吹於齊竽濫飛聲於郢路拘山鷄而自惡顧遼豕以多慙輕觸威顔不遑流汗謹啓

上兗州崔長史啓

側聞鄴城戢耀駭電之輝俄剖沙丘跪迹躡雲之轡載馳然則激瑞侵星佩潛蛟於壯武騰鑣歷塊騁蹤駿於咸陽且煦轍波鱗側羨鼇黿潭之躍觸籠雲翼高望鵬魚之迅是以齊郊夕唱牛歌挨白水之詞漢境朝趨車矦驚拂塵之思伏惟公騰瀾浴景濬靈派以含珠擢幹捎雲翊巖而聳桂崇基疊秀匡霸道於周盟茂緒聯輝賛文場於漢戚偉龍章之秀質騰孔雀之俊年叶鳳彩於英姿辨蟾精於弱日靈臺宏遠騁霄練於霜潭冊府幽深絢朝虹於璧渚心波湛漢

泳魄曜於黃陂情岳干天韞風雲於稽巘龍津共濟覽欣登御之車蕪室欽賢必擁澄清之轡欝文條而擢彩藻逸潘花曄詞峯而銜價光浮衛玉然則昆溪既琢必見山川之精樹羽已懸行嗣雲韶之響是以佐龜陰而演化務肅百城輔麟壤以宣風恩覃千里徽猷克著逾盛德於休徵聲績聿宣軼英規於恭祖佩呂刀而邵美已賛褰帷之遊屈龐驥而未伸將騁仁風之駕加以側階引彥鑒宗子之微言倒屣延賓辨王生之雅量故使圓流之下探照乘於長波高岫之巔剖連城於幽石賓王瓶筲小器鷦蚊末品斜帶嶧桐戢晞陽之厚德傍鄰汶篠慕貫時之貞勁直以容膝一丘曲阜之瓢遽切枕肱五畝成都之壁已勞檐石猷於糟糠負薪疲於短褐然則少奉過庭之訓長趍克已之方弋志書林咀風騷於七略耘情義圃偃圖籍於九流洒恵渥於年陂屢泛文通之麦峻曲岸於鸎谷時遺公叔之冠雖不能縱逸韻於霜皐唳野致九天之響而頻亦蓄芬於露薄垂薰有十步之芳而乃悪迹魯鴻非荊山之抵鵲蓬名韓犬歎稽阜之横梁方今玉琯躔秋金風動籟吴宮歸乙望陰岫以依遲素林返鴈候陽潮而低舉籲金味道之子候纏帛以彈冠屑玉含毫之人望弓旌而翹足竊不揆於庸識輒輕擬於陽庭所冀恩波時流咳唾儻能分

其斗水濟濡沫之枯鱗惠以餘光照孀捿之寒女得
使伏櫪駑蹇希騏驥而蹤足寘棘翩翻排駕鸞而刷羽
則捐軀匪恡碎首無辝雖復投報楊金君子以之貽
誚效誠魏草小人之所懷恩輕瀆威嚴深懼履尾載
塵聽覽迫甚蹈冰謹啓

上齊州張司馬啓

某啓昔者薛邑聞歌揖馮諼於彈鋏夷門命駕顧侯
嬴於抱關何則志合風雲戴笠均乎乘馬情諧道術
忘筌貴乎得魚是以挹蘭言於斷金交蓬心於匪石
庶清音黙聽賞流水於牙絃妙思通神叶成風於郢
匠伏惟公流源白水浸地軸以輪波纂慶黄軒感星

精而誕命綴珠華於七曜聯玉葉於五雲至夫神石
摛祥靈鈞表貺千年馭鶴振仙氣於帝鄉七葉珥貂
襲榮光於戚里因以紛綸國諜昭晰家聲洎乎鹿走
周原輔秦圖而興霸蛇分沛澤翼唐運以開皇常山
王之玉潤金聲博望侯之蘭薫桂馥羽儀百代掩梁
竇以霞褰鍾鼎一時草表楊而岳立故得重規遠鏡
湛月路以流清茂祉遐鋪架雲門而擢秀公飛英鳳
穴藻五色以凝華頡耀龍泉涵九重而毓潤風情踈
朗霜明月湛之姿氣骨端嚴雪白冰清之槩若乃性
符神授道擅生知挫三端於情峯朝九流於學海博
聞強記辨晉國之黄熊將聖多能識吴門之白馬言

泉漱迴灘瀑布以飛瀾文江澹清含濯錦而翻浪爵
槐市以增茂穆蘭室以流芳於是翔鱣應符觀光上
國飛龍成卦利見大人摶羊角以垂天展驥足而騰
景翼貳藩郅巴欹祖之清廉光賛外臺陳君回之亮
直推公平而折獄磔鼠謝其嚴明擁端慤而行仁化虵
憖其智勇加以清規日舉湛盧照於冰壺玄鑒露凝
朗機心於水鏡謙光自牧恭巳愛人片善必甄揖虞
翻於東箭一言可紀許顧榮於南金其疾抱支離材
均臃腫進不能握蘭分竹綰銀黃於雲臺退不能絶
粒茹芝鍊金丹於地肺而出没風塵之内漂淪名利
之間游無毛薛之交仕乏金張之援塊然獨處者一

紀於茲矣然而日夜相代恐溝壑以非遥窮病交侵
思薜蘿之可託常願處幽棲寂追夏黄於商山樂道
棲眞從魯連於滄海豈圖語默易爽心迹難逃從橋
之恨逾深攀桂之情徒結是用絶心乾没躭閲丘墳
謁子將於南荊訪康成於北海西遊梁益仰司馬王
楊之風東入臨淄慕淳于管晏之智瞻言前古徒欲
思齊俯惟當今空勞懷刺不意雲浮礎潤霜落鍾鳴
揖郭太於靈舟有道斯在賞駿明於檄俎盛德猶存
雖調清歌誠寡和於郢路而庸音濫吹竊混奏於齊
竽輕課撮囊榆楊盛德庶金波離畢零陵之石自飛
瑶光建寅簫丘之火暫熱學慙麟角德類鴻毛愧汗

如漿憂心若厲

駱賓王文集卷第六

駱賓王文集卷第七

書啓

上廉使啓

賓王啓每讀書見古人負米之情捧檄之操未嘗不廢書輟卷流涕傷心何則情蓄於中事符則感形潛於内迹應斯通而怳帝力以栖寬情欣養素仰皇華而暢息敢用披丹伏惟公源控玉輪激神濤而涵地基疏金闕架飛岊以韜雲洎乎鹿走周原覇燕圖於即墨虵分沛澤封漢爵於華城福禄攸鍾公侯必復炳靈丹穴襲袞吉黄裳若乃峯秀學山列三墳而仰止瀾清筆海委九流以朝宗登小魯之山辨練光於亂馬臨大吴之國識寶氣於連牛垂秋實於翰林絢春花於文苑清規湛秀照月旦而彫談素論凝玄開夜光於妙辨既業成麟角引茅茹而彈冠道映鴛池絢桃花而曳綬捘留皇鑒忠簡帝心奉職春宫標離光於青殿代工天府明台燿於紫宸故得龍縡垂光戢兩星而開照鶴蓋浮影翼五雲以連陰其大塊流形小人餘慶幸河神入昴映白榆以流祥江使負圖泛

青蓮而薦兆薰風廣扇聖日揚輝進不能高議雲臺談社稷之上務退不能銷形地肺揖箕潁之餘芳而出没風塵湮淪名利十年無棣萬里惟桑既而日遠長安出蓬門而西笑雲飄吴會遥松浦以南浮巽塵迹丘中絶漢機於俗網承歡膝下馭潘輿以家園不悟地絡遐張維白駒於空谷天羅迴布弋黃鶴於高雲願已駑鈆並從媒衒力農賤事未免東臯之勞反哺私情遽切南陔之詠火希顧復輒布懇誠雖噬臍思歸空軫倚廬之望而嚙臂未仕非圖高蓋之榮明公資孝履忠恕已及物惟機成務論道經邦庶得顧免離星動清風於舜海從龍潤礎霈甘雨於堯雲則白羽書生自銘於食稻黃裳童子將賽德於飡花拜首迴遑傾心霢霂謹啓

上瑕丘韋明府啓

側聞觸籠戢翮負垂天而跼影伏櫪羈蹄望絶塵而跪足故以遊蓮遇[illegible]悟宋玉於嬰羅在藻迷波顧蒙莊於煦轍是以臨淄遺婦寄東蘊於齊鄰邯鄲下客效處囊於趙相伏惟明府公締址瓊峯靈岳蔽丹霄之景圖基珠溜神流沃清漢之波玉札飛文綜宏詞於楚傳金籯緝藝味雅道於扶陽孕蘭畹而生姿澧灞踵高門之慶産銅溪而寫鍔荆藍資象德之禎幼辨羝羊演飛龍之祕策夙談孔雀對家禽之麗詞赤

野浮炫價之光珠胎瑩色丹穴悟來儀之迓鳳姿含
彩靈襟轉璧絢逸照於蘭池神府鶩蘋韻清音於桂
浦談叢散馥韞餘氣於九蘭筆海流濤駭洪波於八
水於綰銅麟甸製錦皃郊化浹下車恩孚攬轡德聲
含詠仁風飄十地之雄道化徧謡恵露灑三天之渥
狎中牟之馴雉豈懼驍媒鸗鷰重泉之瑞鸞鷰非關照舞
雒則塵飛范甑垂銀有結綬之華而乃調理窰絃烹
鷄屈涵牛之量加以招携白屋勸誘青襟遂使漱流
逸客望驥足以雲蒸棲泌遺才欵龍門而霧會其緯
蕭末品拾艾幽人寓迹雩壇挹危直之祕説託根磬
渚戢戰勝以良圖幸以奉訓趍庭東情田於理窟從

師負笈私情識於書林至於九流百代頗忽其異端
万卷五車亦研其奧言將欲優游三樂負杖以終年
捿遲一丘鳴絃而卒歲諒以糟糠不贍甘言之養屢
空簞食無資朝夕之歡寧㞐是以祈南陽之捧檄擬
毛義之清塵思魯國之執鞭蹈孔丘之餘志屬以巷
秋應節鴈序戒時飈金將露玉俱清柳黛與荷緗漸
歇寔含毫振藻之際離經析理之期不揆彫朽之材
竊冀遷喬之路輙期泛愛輕用自媒儻荊璞無見致
疑夜光不逢按劒則沉骸九死終望銜珠殞首三泉
猶希結草載塵清矚跼影外慙冒瀆威嚴循心内駭
謹啓

上郭賛府啓

側聞承樞嘯谷韻清瀨於鷲嶺震德昇乾𩆜玄枝而布族雖涸鱗濡沫不觖望於鯨波而决羽槍榆頗思遷於鸎樹伏惟公瓊基疊秀積珠構於三龍玉翰鷟薰曄瑤林於八桂仙飛有道滎河泛高尚之舟德驗通神靈筞動幽明之境產耶溪而濯質霜鐔廓豐匣之姿孕鍾嶺而飛華虹玉絢荆巖之氣松秋表勁翊頳霞而揷極菊晩馳芳涵清露而泫沼鑒懸龍鏡朗逸照於咸陽韻入鳧鍾驚洪音於長樂心源泛藻控鼇黿壑以朝宗情嶽披蓮掩崑岑而作鎮惠牛曜辨鷲荀鶴於談叢揚鳳摛文詠鄒龍於筆海故佐銅章於彊渚側扇文鰩之風貳墨綬於銅郊讚誘祥鸞之化絃揮單父弼清韻於嵇琴化狎中牟翊馴翚於潘雉加以延賓置驛接士軾廬采拔芻微邁欽賢於司隸提獎幽滯軼取俊於淳于其甕覓牖輕生席門賤品幸以忝名比屋稅康衢以自娛預迹耦耕欣日出而知作又以家傳素業弋書林而騁志少奉庭闈踐文囿以漁魂至於縹卷青緗頗側探其奥旨竹書石記亦幽求其邃源雖未能叫徹帝閽聲馳宰府而頗亦見推里閈譽浹鄉閭方今銀箭纏秋金壺應節吮墨翹足期遷迹於一枝味道彈冠望横經於重席不量庸昧竊冀揚庭伏乞恩波暫垂迴盻儻使陳留逸調下

探柯亭之篠會稽陰德傍眷餘溪之祭則迴眄之報不獨著於前龜清亮之音誰專稱於往笛雖滄溟遠量永不愧於牛涔而嵩岱洪恩終曾酬於蟻垤輕喧視聽憂讋唯深猥瀆階庭兢惶交集謹啓

上梁明府啓

某啓昔者聞歌薛邑賞彈鋏於馮諼佇駕夷門揖抱關於侯子豈惟成風之斲妙思通神流水之絃清音入聽况夫志合者蓬心可采情諧者蘭味寧忘伏惟公儀天峙搆魯基控射牛之峯浸地開源驚濤蹴釣鼇之浦至夫封侯廟食掩金許以霞褰三主七公羣表揚而岳立於是功超振鷺位典烹鮮水鏡澄瀾照翔鸞之舞影吟琴動操叶馴雉之雅音既而盛德有鄰佐皇華而撫俗君子不器扈輶軒以覩風某蒲石摘遷聲鄉蓬轉不叶十室無專一經攀驥逸而無由仰鵬飛而自失公顧眄成飾咳唾爲恩庶微潤於江波冀末光於鄰燭使幽禽遷木侶丹山於帝梧鳴石在川應黃鍾於仙管敢布心也詎能望焉謹啓

上吏部裴侍郎書

武功縣主簿駱賓王謹再拜書裴公執事曰書不盡言言不盡意然則理存乎象非書無以達其微詞隱乎情非言無以筌其旨僕誠鄙人也頗覽前事每讀古書高堂九仞曾參負北向之悲積粟萬鍾季路起

南遊之歎未嘗不廢書輟卷流涕霑衣何者情蓄於衷事符則感形潛於内迹應斯通是布腹心罄瀝肝膽庶大雅含弘之量矜小人悃款之誠惟君侯察焉賓王一藝罕稱十年不調進寡金張之援退無毛薛之遊亦何嘗獻策干時高談王覇衒材揚己歷抵公卿不汲汲於榮名不戚戚於卑位蓋養親之故也豈謀身之道哉不圖君侯忽垂過聽之恩任以書記之事擬人則多慙阮瑀入幕則高謝郄超昔聶政荆卿刺客之流也田光豫讓烈士之分也咸以勢利相傾意氣相許尚且捐軀燕趙甘死齊韓今君侯無知於下官見接以國士正當陪麾後殿奉節前驅賈餘勇

以求榮效輕生而荅施逡巡於成命躊躇於從事者徒以夙遭不造幼丁閔凶老母在堂常嬰羸恙藜藿無甘旨之膳松檟闕還措之資撫躬在亡何心天地故寢食夢想噬指之戀徒深歲時蒸嘗崩心之痛弥極若僕者固名教中一罪人耳何面目以奉三軍之事乎況屬天倫之喪奄踰七月違膝下之養忽已三年而凶服之制行終哀疚之情未洩興言永慕舉目增傷夫怨於心者哀聲可以應木石感於情者至性可以通神明故徐元直寸心以求辞李令伯陳情以窮訴上以弃興王之佐命下以全奉親之篤誠而蜀王不以爲非晋君待之逾厚此二者豈貪貧賤惡榮

華猒萬乘之交甘疋夫之辱也蓋有不得巳者哉人有乾没為心脂韋成性捨慈親之色養許明主以驅馳内忘顧復之私外存傳會之眷薄骨肉厚榮寵茍背恩而自效則君侯何以處之且義士期乎貞夫忠臣出乎孝子既不能推心以奉母亦焉能死節以事人假物議之無嫌實吾斯之未信也况流沙一去絶塞千里子迷入塞之寃母切倚廬之望就令歡以卒歳仰南薰之不貲而使憂能傷人迫西山而何幾君侯情深錫類道叶天經明恕待人慈心應物儻矜犬馬之微願憫鷰雀之私情寛其負恩遂其終養則窮寃有望老母知帰再拜

與程將軍書

昨見武郎將備陳將軍之言恩出非常談過其實恭聞嘉惠深用慙惶君侯懷管樂之材當衛霍之任豊功厚利盛德在人送往事居元勲蓋俗智足以興皇業道足以濟蒼生尚且屈公侯之尊伸管庫之士若下僕者天地一無用芻狗耳粤自旌賁之辰即逢聖明之曆材不經務不能成佐命之功智不通時不能包周身之防加以天資本強不能屈節權門地隔蓬心不能買名時議常願為仁由巳喪我於吾見機可以絶機無用之為有用隨時任其舒卷與物同其波流者矣其於木也班匠無措其鈎繩其於駕也良樂

無所施其御策不悟聖朝發明敎之制君侯緝雍熙之道曲垂提獎廣借游談猥以樗櫟之姿忝預賢良之薦當今鴻都富學麟閣多英非游夏不可以昇堂非蔑牙不可以擊節儻使片言失德事暴區中匹夫竊議語流天下進乖得賢之舉退貽薄德之譏恐不肖之軀爲髙明之累耳必能一眄增價九衢先登燕昭爲市駿之資郭隗居禮賢之始則當效駑鈆之用飾固陋之心陶鑄堯舜之典謨憲章文武之道德上以究三才之能事下以通萬物之幽情勿使將詞翰爲行己外篇文章是立身歧路耳又何足道哉言而不慙者恃惠子之知我也所恨禁門清切造別無緣

官守牽纏風期有限某尚期辝滿儻泛孤舟萬里煙波舉目有江山之恨百齡心事勞生無晷刻之歡嗟乎流水不窮浮雲自遠霑襟此別把袂何時恃以平生之私忘其貴賤之禮

荅貟半千書

張評事至辱惠書及詩把翫無歇蹔如有叙上言離恨下勗交情篤以猛風乾蘇之談弥以驟雨濕薪之喻雖聞義則從道存於起予而擬人失倫事均乎翫物借如誠説益足下之不知言儻或劇談豈吾人之所仰望夫鯤之爲魚也潛碧海泳滄流沉鰓於渤海之中掉尾乎風濤之下而濠魚井鮒自以爲可得而

齊焉鵬之爲鳥也刷毛羽恣飲啄戢翼於天地之間宛頸乎江海之畔而雙鳧乘鴈自以爲可得而褻焉及其化羽垂天摶風九萬振鱗横海擊水三千寧肯借翰於槍榆假力於在藻資江濵涓流之水待堀堁揚塵之風哉故張子房之達人也擊水摶風之適焉朱買臣之屈士也戢翼沉鰓之致焉足下雅得古人之致不乏先賢之適自守莊筌無嬰魏網亦寧不知在藻槍榆之力非擊水摶風之助哉而詞旨懇懃深所未諭盡言尒志豈若是乎夫人間百年物理千變名利寵辱之情立矣愛憎毀譽之迹生焉其有道在則尊德成而上幽貞爲虚白之室靜默爲大玄之門

知軒冕是儻來悟榮華非力致茍斯道不墮亦何患乎無成而欲圖僥倖於權重之交養聲譽於衆多之口斯所以楊朱徘徊於歧路阮籍怵惕於窮途嗟乎露往霜來歲華不待山高河廣離會無時桂樹寒花公子去而忘返松巖春草王孫遊乎不歸去矣貞生遠離隔矣音塵不嗣情其勞矣畏途空谷静躁殊矣惠而好我無客尒音

與博昌父老書

月日駱賓王致書于博昌父老等承並無恙幸甚幸甚雲雨俄别風壤異鄉春渚青山載勞延想秋天白露幾變光陰古人云别易會難不其然也自解㩦襟

袖十五年交臂存亡略無半在張學士溘從朝露辟閭公倏掩夜臺故吏門人多遊蒿里耆年宿德但見松丘嗚呼泉壤殊途幽明永隔人理危促天道奚言感今懷舊不覺涕之無從也過隙不留藏舟難固追惟逝者浮生幾何哀緣物興事因情感雖蒙莊一指殆先覺於勞生秦失三號詎忘情於怛化啜其泣矣尚何云哉又聞移縣就樂安故城廨宇邑居咸從其地里閈阡陌徒有其名荒徑三秋蔓草滋於舊館頹墉四望栱木多於故人嗟乎仙鶴來歸遼東之城郭猶是靈烏代謝漢南之陵谷已非昔吾先君出宰斯邑清芬雖遠遺愛猶存延首城池何心天地雖則山

河四望是稱無棣之墟松檟千秋有切惟桑之里故每懷宿昔尚想經過于役不遑願言徒擁今西成有望東户無爲野老清談怡然自得田家濁酒樂以忘憂故可洽賞當年相歡卒歲寧復惠存舊好追思昔遊所恨跂予望之經途密迩佇中衢而空軫巾下澤而莫因風月虛心形留神往山川在目室迩人遐以此懷勞增其歎息情不遺書何盡言意

與親情書

風壤一殊山河萬里或平生未展或睽索累年存没寂寥吉凶阻絶無由聚洩每積凄涼近縁之官佐任海曲便還故里與叙宗盟徒有所懷未畢斯願不意

遠勞折簡辱逮湮淪雖未叙言覿如披面晚夏炎欝
並想履宜某初至鄉閭言尋舊友耆年者化爲異物
少壯者咸爲老翁山川不改舊時丘隴多為陳迹感
今懷古撫存悼亡不覺涕之無從也詢問子姪彼亦
凋零永言傷情增以悲慟雖死生之分同盡此途而
存亡之情豈能無恨終期展接以申闊懷取此月二
十日栖桐成禮事過之後始可得行祇叙尚賒傾系
何極各願珎勗遠無所詮

駱賓王文集卷第七

駱賓王文集卷第八

雜著

秋日於益州李長史宅宴序

夫以五岳棲眞杳眇青溪之上六爻貞遁寂寞滄海之濱斯並激俗矯時獨善之風自遠懷材韞價兼濟之道未弘長史公玄牝凝神虛舟應物得喪雙遺巢由與許史同歸寵辱兩存廊廟與山林齊致乘展驥之餘暇俯沉犀以開筵曲浦澄漪似對任棠之水茅亭輿洽如歸山簡之池加以秋水盈襟寒郊滿望洲渚肅而蒹葭變風露凝而荷芰疎忘懷在眞俗之中得性出形骸之外雖四子講德已頌美於中和而五際陳詩未形言於大雅爰命虛謏題其序云弁側山頹自有琴歌留客操瓢染翰非無山水助人盍各賦詩式貽樂事云尒

初秋登王司馬樓宴序

司馬公千里騰光翼巽外臺而展足九日多暇敞麗譙以開筵于時葭散秋灰檀移夏火鴻飛漸陸流斷吹以来寒鶴鳴在陰上中天而警露於是銷開玉饌交雜佩而薰蒲酒泛金翹映清罇而湛菊雖傍臨廣派有異章渠之遊而俯瞰崇墉雅叶城隅之會物色相召江山助人請振翰林用濡筆海云尓

冒雨尋菊序

白帝徂秋黄金勝友解塵成契冒雨相邀問涼熯則鴻鴈在天敘交遊則芝蘭滿室砌花舒菊還同載酒之園岸菜低松直枕維舟之浦參差遠岫斷雲將野鶴俱飛滴瀝空庭竹響共雨聲相亂抑折巾於書閤

行見飄[illegible]挹雅步於琴臺坐聞流水字中科斗覺落文河筆下蛟龍争投學海珠簾映水風生曳露之濤錦石封泥苔濕印龜之岸泛蘭英於户牖座接雞談下木菜於中厨池烹野鴈墜白花於濕桂落紫蔕於踈藤雖物序足悲而人風可愛留姓名於金谷不謝季倫混心迹於玉山無慙叔夜

晦日楚國寺宴序

夫天地交通忘筌蹄者盖寡人間行樂共煙霞者幾何群賢抱古人之清風翫新年之淑景情均物我緇衣將素履同歸迹混汙隆廊廟與江湖齊致于時春生城闕氣改川原聞遷鶯之後時行欣宦侶見遊魚之

貪餌坐悟機心加以慧日伍輪下禪枝而迈照法雲凝蓋浮定水以涵光忘懷在真俗之中得性出形骸之外雖交非習靜多慙谷口之談酔可逃喧自得山陽之氣詩言志也可不云乎

餞宋三之豐城詩序

黯然銷魂者豈非生離之恨歟帝里天津槐衢分黑龍之水巴陵地道楓江連白馬之門親友徘佪締歡言於促膝故人樽酒掩離涕於交頤于時晚吹吟桐疑奏離別之曲輕秋入麦似驚揺落之情白日將頽青山行暮想姑蘇之地夕露霑衣望吴會之郊斷風飄蓋嗟乎岐路是他鄉之恨溝水非明日之懽玉斗

臨吴太阿之氣可識金陵背楚小山之路行遥盡各賦詩式昭離緒

初秋於寶六郎宅宴序

六郎道合采葵嘯懸鶤而契賞諸君情諧伐木仰登龍以締歡于時一葉驚寒下陳柯而捲翠百花凝照淡虚牖以披紅既而俱欣得兔之情共掩亡羊之淚物我雙致匪石席以言蘭心口兩齊混汙隆而酌桂雖忘筌戴笠與交態於靈臺而搦管操觚叶神心於勝氣盡陳六義詩賦一言郎事凝毫成者先唱云尔

秋夜送閻五還潤州序

閻五官言迈維桑脩途指金陵之地李六郎交深投

漆開筵浮白玉之樽于時壁彩澄虛漏輕光於雲葉
珪陰散迴搖碎影於風梧雖桂醑蘭缸　蹔淹留於
一夕而青山黃鶴將惆悵於九秋請勒四言俱伸五際

秋日餞尹大往京序

尹大官三冬懸暢指蘭臺而拾青薛六郎四海情深
飛桂樽而舉白于時兔㲋東上龍火西流劒彩沉波
碎楚蓮於秋水金輝照岸秀陶菊於寒隄既切送歸
之情弥軫窮途之感重以清江帶地閒吳會於星津
白雲在天望長安於日路人之情也能不悲乎雖道
術相忘叶神交於靈府而風煙懸隔貴申心於翰林
請振詞鋒用開筆海人為四韻用慰九秋

秋日餞陸道士陳文林序

陸道士將游西輔通莊指浮氣之關陳文林言返東
吳脩途走落星之浦於是維舟錦水藉蘭若以開筵
絏騎金隄泛榴花於祖道于時赤熛紀節青女司辰
霜鴈銜蘆舉賓行而候氣寒蟬噪柳帶涼序以含情
加以山接太行聳羊腸而飛蓋河通少海疏馬頰以
開瀾登高切送歸之情臨水感逝川之歎既而嗟別
路之難駐惜離樽之易傾雖漆園筌蹄已忘言於道
術而陟陽風雨貴杼情於詠歌各賦一言同為四韻
庶幾別後用暢離憂云尒

初春邪嶺送益府𠫭軍序

分首三春送君千里青山白日非舊國之春秋羣望清鐏是他鄉之盃酒況復圭峯南望切登高之情渭水北流動臨川之歎于時寒光將歇春景未華殘雪飄花猶開六出輕氷涵鏑未解三川晨風軟孫楚之情岐路下楊朱之淚雖再言再笑賞風月於離前一詠一吟寄心期於別後詩言志也可不云乎

秋日餞麹録事使西州序

麹録事務切皇華指輪臺而鳳舉群公等情敦素賞臨別館而皃分促樽酒而邀帷望山川而起恨于時露團龍　雲斂鴈天落葉響而庭樹寒殘花疎而蘭皐晩聞秋聲之亂水巳愴分溝對零雨之飄風倍傷

岐路五日之趣未淹蘭藉之娛二星之輝行照蕊河之境清飆朗月我則相思隴水秦川君方鳴咽行歌不駐遽驚班馬之嘶贈言可申聊振飛魚之藻人探一字四韻四篇

餞李八騎曹詩序

夫人生百齡促脥是忘言之契丈夫四海交頤非贈別之資然而想山川之遽遥送歸將遠惜歲華之不待行樂無時是用輟征驂以少留敞離亭而多暇山芳襲吹坐疑蘭室之中水樹含春宛似楓江之上加以御溝新溜近入離弦賓館餘花遥催別酒旣而縈波東注灞岸南登淥蟻傾而高宴終金烏落而離言

促雖相思有贈終結想於華滋而素賞無睽盡申情於麗藻人爲四韻各賦一言

楊州看競渡序

夏日江干駕言臨眺于時桂舟始泛蘭棹初遊鼓吹咽江山羅綺蔽雲日嬋娟舞袖向淥水以全低飄颺歌聲聽清風而更遠是以眼波笑臉艷出浦之輕蓮映渚娥眉麗穿波之半月靚粧舊飾此日增奇弦管相催茲辰特妙能使洛川迴雪猶賦陳思巫嶺行雲專稱宋玉凢諸同好請各賦詩

秋日與群公宴序

昔挂瓢隱舜蹈箕山而不歸臨組逃齊泛滄波而長往咸用潛心物外擯影丘中豈若擬迹小山陶心大隱叶仲長之怡性偶潘岳之棲閑群公或道洽忘筌契金蘭而貴舊或情深傾蓋披玉葉以文新于時玉女司秋金烏返照烟含碧篠結虛影於鮮枝風起青蘋動波文於異態庭榴剖實耀丹彩以成珠岸石澄瀾泛清漪而散錦既而誓敦交道俱忘白首之情欵尓連襟共挹青田之酒不有雅什何以攄情共引文江同開筆海

對策文三道

問岱岳遊蒐入佳城而怛化瀛洲羽客竦鶴轡而輕舉雖則備於縑素昭晰可觀求諸耳目虛無罕驗弃

杖成龍有異虞翻之旨衘恩結草寧符宗代之言二者何從尔其楊搉

對遐觀素論眇覿玄風惟鬼惟仙難究難測至夫滕公長往佳城開白日之徵洪涯不歸曾丘控紫雲之蓋或崇成蒼狗自是趙王之神道叶赤龍爰通陸安之台玉壘變萇弘之血金闕化浮丘之靈固能目覩桑田來作西王之使蒐遊蒿里還為北帝之臣然而將聖生鄒本忘情於語怪多材封魯亦黙論於通仙洎乎大義已乖斯文將墜於是八儒三墨之道異軌分馳九流百家之文殊途競爽語仙則有無交戰語鬼則虛實相紛遂使結草抗軍爰乖宗岱之論化竹

游水有異虞翻之言然而博訪緗書徧尋縹冊徇其浮説徒有奔競之談求諸至言抑匪經通之旨何則高明瞰室已著六爻之文太虛游形式編三洞之籙故齊君出獵遇豕啼於貝丘周嗣登仙浮鶴軒於洛浦況乎干寶碩德已緝搜神之書劉向通儒非無列仙之傳斯皆實録諒匪虛談謹對

問士農工商四民各業廢一不可取譬五材而闕里致言鄙於學稼漆園起論爰稱絶巧豈先聖垂文義有優劣將隨方設教理或變通者哉尔其敷陳用啓前惑

對出震登皇垂衣裳而馭籙秉乾踐帝順舒慘而字

坻莫不列九土以開疆因四人而安業故農為政本兩漢舉力田之勤財曰聚人九市列惟金之利陂龍門而就日入仕彈冠蚓蟬翼以成風追工運斧咸用因人成事隨利濟時蓋五帝通規三王茂範然則泣麟上聖訓三千以領徒夢蝶幽人摶九萬以齊物欲使丘門志學折以問農之言漢渚絕機抒以灌園之巧斯乃變通權教趍捨適宜當今海內乂安天下樂業仕植舊德農服先疇自可孫弘獻書以待公車之制王丹載酒時慰田家之勞謹對

問四十強仕七十懸車著在格言存諸甲令然則顏駟韞價殆乎白首和尊播美始自齠年欲使滋泉之彥必臻洛陽之才無捨則隄防或爽襟帶徒施其道如何佇聞嘉荅

對竊聞君人有作義佇良材貞士徇名理資明主是知君必待士士必待君故使飛龍在天荀勗代良平之榮巨魚縱壑元后得唐虞之后然則否泰或爽材運難并歲漸縣車尚牧淄源之豕年甫志學且珥漢庭之貂是知因籍時來和君播玄貂之俊當其未遇顏生致白首之勤語其古今稽之運會雖則人事抑亦天時當今乘六御天得一居帝翹車獵彥東帛旌賢故當枉幽人罷韜真於文豹青蓮江使自裂兆於非熊豈止洛陽之才來儀漢國滋泉之叟降止周朝

而已哉其談謝二龍識迷三豕徒以鑽木輕焰仰昇
扶而曜暉化草餘光對含桂而炫彩迴遑如失俯仰
多慙謹對

駱賓王文集卷第八

駱賓王文集卷第九

雜著

帝京篇　疇昔篇 雜言

姚州道破逆賊諾波弄楊虔露布

又破設蒙儉露布

帝京篇

山河千里國城闕九重門不覩皇居壯安知天子尊皇居帝里崤函谷鶉野龍山侯甸服五緯連影集天躔八水分流横地軸秦塞重關一百二漢家離宮三十六桂殿陰岑對玉樓椒房窈窕連金屋三條九陌麗城隈萬户千門平旦開複道斜通鳷鵲觀交衢直指鳳凰臺劒履南宫入簪纓北闕來聲明冠寰宇文物象昭回鈎陳肅蘭戺璧沼浮槐市銅羽應風迴金莖承露起校文天祿閣習戰昆明水朱邸抗平臺黄扉通戚里平臺戚里帶崇墉炊金饌玉待鳴鍾小堂綺帳三千萬大道青樓十二重寶蓋彫鞍金絡馬蘭窻繡柱玉盤龍綺柱琁題粉壁映鏘金鳴玉王侯盛王侯貴人多近臣朝遊北里暮南鄰陸賈分金將讌喜陳遵投轄正留賓趙李經過密蕭朱交結親丹鳳朱城白日暮青牛紺幰紅塵度俠客珠彈垂楊道倡婦銀鈎采薪路倡家桃李自芳菲京華遊俠盛輊肥延年女弟雙飛入羅敷使君千騎歸同心結縷帶

連理織成衣春朝桂樽樽百味秋夜蘭燈燈九微翠幌珠簾不獨映清歌寶瑟自相依且論三万六千是寧知四十九年非古來榮利若浮雲人生倚伏信難分始見田竇相移奪俄聞衞霍有功勲未猒金陵氣先開石椁文朱門無復張公子灞亭誰畏李將軍相顧百齡皆有待居然萬化咸應改桂枝芳氣已銷亡栢梁高宴今何在莫矜一旦擅豪華自言千載長驕奢倏忽摶風生羽翼須臾失浪委泥沙黄雀徒巢桂青門遂種瓜黄金銷鑠素絲變一貴一賤交情見紅顔宿昔白頭新脱粟布衣輕故人故人有湮淪新知無意氣灰死韓安國羅傷翟廷尉已矣哉歸去來馬卿辭蜀多文藻楊雄仕漢乏良媒三冬自矜成足用十年不調幾邅迴汲黯薪逾積孫弘閤未開誰惜長沙傅獨負洛陽才

疇昔篇

少年重英俠弱歲賤衣冠既託寰中賞方承膝下歡遨遊灞陵曲風月洛城端且知無玉饌誰肯逐金丸金丸玉饌盛繁華自言輕侮季倫家五霸爭馳千里馬三條競騖七香車掩映飛軒乘落照參差步障列朝霞池中舊水涵懸鏡屋裏新粧不讓花意氣風雲倏如昨歲月春秋屢迴薄上苑頻經柳絮飛中園幾番梅花落當時門客今何在疇昔交遊已疎索莫見

憔悴損容儀會得髙秋雲霧廓淹留坐帝鄉無事積
炎涼一朝被短褐六載奉長廊賦文慙昔馬執戟慕
前揚揮戈出武帳荷筆入文昌文昌隱隱皇城裏由
來弈弈多才子潘陸詞鋒駱驛飛張曹翰苑縱横起
卿相未曾識王侯寧見擬徒勞倦貧薪何處逢知己
判將運命賦窮通從來奇舛任西東不應永弃同芻
狗且復飄飖類轉蓬容鬢年年異春花歲歲同榮親
未盡禮徇主欲申功脂車秣馬辭鄉國縈轡西南吏
邛棘玉壘銅梁不易攀地角天涯眇難測鸎囀蟬吟
有悲望鴻來鴈度無音息陽關積霧萬里昏劒閣連
山千里色蜀路何悠悠岷峯阻且脩迴腸隨九折迸
淚下雙流寒光千里暮露氣二江秋長途看束馬平
水見沉牛華陽舊地標神制石鏡娥眉真秀麗諸葛
才雄已号龍公孫躍馬輕稱帝五丁卓犖多奇力四
士英靈用文藝雲氣擴開八陣形橋影遥分七星勢
川平煙霧開遊戲錦城隈墉髙龜望出水浄鴈文迴
尋姝入酒肆訪客上琴臺不識金貂重偏惜玉山頽
他鄉苒苒消年月帝里沉沉恨城闕不見猿聲助客
啼唯聞旅思將花發我家迢遰關山裏關山迢迢不
可越故園梅柳尚有餘春來勿使芳菲歇解袂欲言
歸執袂愴多違北梁俱握手南浦共沾衣別情傷去蓋
離念惜光輝梢　有何託木落有南飛平陸春來酒

應熟相將蘭閤望青溪且用藤盂泛黃菊十年不調爲貧賤百日屢遷隨倚伏秪爲須求負郭田使我再干州郡禄百年鬱鬱少騰遷萬里迢迢入鏡川吳江沸潮衝白日淮海長波接遠天叢竹凝朝露孤山起瞑煙賴有邊城月常伴客旌懸東南美箭稱吳會名都隱軫三江外塗山執玉應昌期曲水開襟重文會仙鏑流音鳴鶴嶺寶劍分輝若蛟瀨未看白馬對蘆芻且覺浮雲似車蓋江南節序多文酒屢經過共踏春江曲俱唱采菱歌舟移疑入鏡棹舉若乘波風光無限極歸檝凝池荷眺聽煙霞正流盼即從王事歸艫轉芝田花發屢徘迴金谷德明重遊衍登高南適蚩

梁叟憑軾西征想潘椽峯開華岳聳疑蓮水激龍門急如箭人事謝光陰俄遭霜露侵偷存七尺影分役九泉深窮途行泣玉憤路未藏金茹荼徒有歎懷橘獨傷心年來歲去成銷鑠懷抱心期漸寥落挂冠裂冕已辭榮南畝東皐事耕鑿賓階客院常疎散蓬徑柴扉終寂寞自有林泉堪隱捿何必山中事丘壑我住青門外家臨素滻濱遥瞻丹鳳闕斜望黑龍津荒衢通獵騎窮巷抵樵輪時有桃源客來訪竹林人昨夜琴聲奏悲調旭旦含嚬不成笑果乘驄馬發囂書復道郎官稟綸誥冶長非罪曾縲絏長孺然灰也經溺高門有閣不圖封峻筆無聞欲敷妙適離京兆謗

還從御府彈炎威資夏景平曲況秋翰畫地終難入
書空自不安吹毛未可待摇尾且求飡丈夫坎壈多
愁疾契闊迍邅盡今日愼罰寧憑兩造辭嚴科直挂三
章律鄒衍銜悲衝燕獄李斯抱怨拘秦格不應白髮
頓成絲直爲黃沙暗如漆紫禁終難叫朱門不易排
驚兔聞茱落危魄逐輪埋霜威遥有勵雪枉更無階
舍冤欲誰道飲氣獨居懷忽聞驛使發關東傳道天
波萬里通涸轍去鱗先遊海幽禽釋網便翔空舜澤
堯曦方有極讒言巧佞讜無窮誰能跼迹依三輔會
就商山訪四翁

姚州道破逆賊諸波弄楊虔露布

尚書兵部臣聞北極列象六合奉天子之尊南面乘
乾一統成聖人之業是知衣裳所會義有輯於殊鄰
霜露所均誠無育於異類故塗山萬國誅後至者防
風丹浦一戎緩前禽者就日然則利弧矢以威天下
法雷霆以震域中四時行焉天道不能去煞五兵備
矣皇業所以勝殘雖事切救焚苟順時以濟物恩深
祝網不獲已而用兵伏惟皇帝陛下登翠嬀以握圖
憲紫微而正象玄功不宰混太始以凝神至道無名
佇華胥而得夢闡文教以清中夏崇武功以制九夷
環海十洲通波太液之水鄧林萬里交影甘泉之樹
亙踵穿胷之域襲冠帶以來王奇肱儋耳之酋奉正

朔而請吏逆賊蒙儉和舍等浮竹遺胤沉木餘苗邑殊禮義之鄉人習貪殘之性日者皇明廣燭帝道遐融頗亦削左衽而被朝衣解椎髻而昇華冕而豺狼有性梟獍難馴遂敢亂我天常變九隆而背誕負其地險攜七部以稽誅擾亂邊疆敓數州郡是用三門授律長驅無戰之師五月渡瀘深入不毛之地去月二十日軍次三朏崙鎮前後捕得生口知守捉山羌傍山連結十部蠻有徒五萬衆此山即南中巨防也岡巒千里西通大荒之郊溪谷萬重南極炎洲之境聳喬林而挿月陰靈有假道之標拔崇巖以隱天陽烏無迴翼之地峯危束馬路絶懸車賊踞臨代之形

乗建瓴之勢徼風召雨蝟起蜂飛驅雜種以挺災封狐十重肆沉黎而作孽雄虺九頭臣以爲制敵以權柔遠者理成於德教伐叛以義決勝者不在於干戈於是廣布朝恩恭宣帝澤申之以安撫曉之以存亡信重蠻陬無負黃龍之約賞隆漢爵不踰白馬之盟地接周駹詞屢彈於喻蜀俗通盤瓠聲不輟於吠堯臣遣左二軍子總管寧遠將軍前守右驍尉井陘縣開國男劉玄暕等銜枚遠襲卷甲前驅偃旆而設潛兵疑從天落乗間道而掩不備若出地中又遣右二軍子總管明威將軍行左武衛翊府郎將高奴弗率左武衛天水府折衝都尉張仁操等陟南山之南

衛其要害之路又遣左一軍子揔管前右金吾衛翊府郎將孫仁感率府左果毅都尉王文雅等凌北山之北絶其飛走之途賊首領楊虔柳諸設弄諸覽期等振螗蜋之力拒轍當輪縱蚊蚋之群弥山蒲谷劉惠基高奴弗孫仁感等並忠勤克著智略遠聞識明君之重恩輕生有地提太阿之神劒視死無時彎弧而兇黨土崩舉刀而妖徒瓦解雖危若沸鼎未窮梟首之誅救死扶傷猶致折骸之爨二十日臣遣副揔管萬安撫副使定遠將軍前左驍衛府中郎將令狐智通率右武衛良將壯府左果毅都尉韓惠德等擁貔豹之雄順天機而左轉遣副揔管萬安撫使守銀州刺史李大志率前左衛靜福府果毅都尉陳弘義等率犀象之卒乘地軸以右迴又遣行軍司馬守嶲州都督府長史梁待辟率守金吾衛宜昌府果毅都尉閻文成等揔投石拔距之材蹈中權而撫其背又遣前守右武衛龍西府果毅都尉康留買等騰躍鐵歕金之騎犯前茅而扼其喉臣率守衛清官府左果毅許懷秀等橫玉弩以高臨擬金鉦而直進玄雲結陣影密西郊赤堇揮鋒氣衝南斗颺塵埃而布地白日爲之晝昏積氛祲以稽天滄溟爲之晦色兵交刃接鳥散魚驚自卯及申追奔逐北斬首千餘級轉戰三十里激流膏而爲泉似變萇弘之血委亂骸而擠

壑若泛鱉靈之屍既而照盡高春雲昏乙夜賊乃收
集餘衆保據重巖臣度彼遊魂慮其宵遁使三軍齊
進四面合圍二十三日乘魚爛之危啓蚍形之陣揚
麾誓衆杖節訓兵一鼓先登賞必縣於芳餌九攻失
律罪無赦於嚴誅五部材雄三河俠少或生居燕地
尤工即墨之圍或家本秦人早習昆明之戰叱吒則
江山摇蕩慷慨則林壑飛騰舉鵬力以揚威耀犀渠
而賈勇澄氛廓祲同夏景之漬春氷滅迹掃塵若霜
風之卷秋籜戰踰百里時歷三朝前後生擒四千餘
人斬首五千餘級諸没弄楊虔柳等殞元行陣懸首
旌門蒙儉和舍等委衆奔馳脱身挺險雖復刑以止

殺丁壯咸伏於誅夷禮不重傷班白必存於寛宥昔
魏臣賦蜀徒聞蒟醬之奇漢使開邛纔通竹杖之利
豈若膺紫泥而吊伐指丹徼以臨戎一戰而猛獲已
擒再舉而哀牢授首斯並皇威遠暢廟略遐宣奉玄
猷以配天徒知帝力掩皇輿而闡地豈曰臣功不勝
慶快之至謹奉露布以聞

又破設蒙儉露布

臣聞七緯經天星墟分張翼之野八紘紀地炎洲限
建木之鄉西距大秦雜金堇而孕氣南通交趾枕銅
柱以爲鄰俗帶白狼人習貪殘之性河淪赤虺川多
風雨之妖水積炎氛山涵毒霧竹浮三節肇興外域

之源木化九隆頗爲中國之患年將千祀代歷百王鄭純之化不追孟獲之風逾扇彼三年疲衆徒闓定筰之讖五月出師未息渡瀘之役然則大人拯物上聖秉期法乾坤以握樞體剛柔而建極知仁義不能禁暴設刑網以勝殘知揖讓不可濟時用干戈而靜亂伏惟皇帝陛下祥螭戴玉拓地軸以登皇道契寢繩掩天紘而踐帝玄雲入戶篆靈瑞於丹陵緑錯昇壇薦禎圖於翠渚垂衣裳以朝萬國崇玉帛而禮百神昭儉防奢露臺惜中人之産宣風布政明堂法上帝之宮致群生於太和登品物於仁壽四神踐雪五老飛星君囿祥麟樂班文於仙卉女牀鳴鳳韻歸昌

於帝梧四隩同文五風異色配林萬里纔疏苑囿之基曾城九重未出池隍之域六合照臨之地儵月歸琛大鑪覆載之間占風納賮蠢茲蠻貊敢亂天常横赤縹以疏壃背朱提而設險崇林萬仞巖邑千里望秦阜以相傾崤陵失四塞之阻對梁山而錯峙劒門成一簣之峯自謂絶壤遐荒中外足以迷轂教憑深負固江山可以逃靈誅不知玉弩垂芒涵水無九嬰之迹瑶階舞鏚洞庭有三苗之墟臣等謬以散材忝專分閫自白招秉候順秋帝以揚旌絳節臨邊通夜郎而解辮自營開巂冗旆轉卬川峻岐折坂之危盡亡襟帶滇池漏江之固曾莫藩籬唯逆賊設蒙儉等

未華狼心仍懷豕突陸梁放命旅拒偷安城接祠鷄
竟無希於改旦山多神鹿終未息於擇音臣以大帝
宣威有征無戰明王杖順先德後刑加聖澤於中孚
緩天誅於太造庶南薰解愠仰雲闕以翔鵷東律變
音扣轅門而頓顙而祝禽疏網徒開三面之恩毒虺
挺袄逾肆九頭之暴乃鳩集餘衆蟻結兇徒僭耳椎
髻之渠千里霧合鑿齒雕題之孽一呼雲屯凌石菌
以開營拒巖椒而峻壘崇巒切漢若登藏寶之山絶
壑憑霄似瞰封泥之谷以去月十七日運營布陣踞
險揚兵東西三十里馬步二十萬聚蚊蚋而成響轂
若雷霆縱虵豕以爲群氣昏宇宙臣遣中郎將令狐

智通等擁拔山超海之雄當其步陣遣銀州刺史大李
志等駈躍景騰雲之騎承其馬軍遣嶲州刺史行軍
司馬梁待辟等領勁卒一千絶其飛走之路遣臨源
府果毅馬仁静等勒精兵九百斷其潜伏之軍臣率
行軍長史韓餘慶等負霜戈而直進指雲陣以長駈
庶令斬馘七擒將士挾雷公之怒伏屍百死蠻夷識
天子之威於是三略訓兵五申誓衆先登陷敵無遺
大樹之功後拒亂行必致曲梁之罰楚人三戶蜀郡
五丁氣擁玄雲精貫白日喑嗚則乾坤揺蕩呼吸則
林壑沸騰列旗影以雲舒似長虹之東指橫劒鋒而
電轉疑大火之西流刃接兵交洞胷達腋自辰踰午

魚爛土崩沸殘息於曾峯更切守陴之哭積負顱於重阜殆成京觀之封唯賊師夸千未悟傾巢之兆敢懷拒轍之心獨率馬軍平川轉鬬鷙塵亂起六合為之寢光殺氣相稽四溟由是變色副揔管李大志忠惟徇國義則亡軀臨危而貞節逾明制敵而神機獨遠丹誠自守雖九死其如歸白刃交前豈三軍之可奪投袂則祆徒霧廓搴旗而兇黨山崩於是乘利追奔因機深入困獸猶鬬如戰廩君之魂窮鳥尚飛如鶩杜宇之魄斬甲卒七千餘級獲裝馬五千餘疋僵屍蔽野臨赤坂而非遥流血洒途視丹撽以何遠首領和舍等並計窮力屈面縛軍門寛其萬死之誅弘

以再生之路唯蒙儉脫身挺險負命窮山頤巢穴而靡依逃晷漏而何幾況妖徒革面儌外非復他人部落離心舟中皆為敵國瞻言梟首指日可期凡在歸降隨事招撫與之更始復其故業首丘懷戀疑臨舊國之墟安堵識家似入新豐之邑然後班師縢水振旅禹山建鴻勳於武功暢玄猷於文教庶荒陬襲中原之禮邊壃息外戶之虞華封祝堯兆皇基於千載東歌頌漢美王澤於三章豈與夫天帝前星廣賜秦公之冊坤元益地遥開王母之圖蓋亦有云曾何足紀斯並玄謀廣運廟略遐覃一戎而荒憬肅清一鼓而邊隅底定豈臣等提戈擐甲克全百勝之功杖節

揚麾能通九變之策謁稾街而獻旅大帝成規聞杕
杜之勞旋小臣何力不勝慶忭之至謹遣行軍司馬
梁待辟奉露布以聞

駱賓王文集卷第九

駱賓王文集卷第十

雜著

代李敬業檄　應詰
自敘狀　祭趙郎將文
樂大夫挽歌五首　丹陽刺史挽歌三首

代李敬業檄

僞周武氏者人非温順地實寒微昔充太宗下陳曾以更衣入侍洎乎晚節穢亂春宮密隱先帝之私陰圖後房之嬖入門見嫉蛾眉不肯讓人掩袂工讒狐媚偏能惑主陷元后於翬翟致吾君於聚麀加以虺蜴爲心豺狼成性近狎邪佞殘害忠良殺子屠兄弑君鴆母神人之所共嫉天地之所不容猶復包藏禍心窺竊神器君之愛子幽在別宮賊之宗盟委以重任嗚呼霍子孟之不作朱虚侯之已亡燕啄皇孫知漢祚之將盡龍漦帝后識夏庭之遽衰敬業皇唐舊臣公侯冢子奉先君之成業荷本朝之厚恩宋微子之興悲良有以也袁君山之流涕豈徒然哉是用氣憤風雲志安社稷因天下之失望遂海内之推心爰舉義旗以清妖孽南連百越北盡三河鐵騎成羣玉軸相接海陵紅粟倉儲之積靡窮江浦黄旗匡復之功何遠班聲動而北風起劒氣衝而南斗平喑嗚則山岳崩頹叱咤則風雲變色以斯制敵何敵不摧以

斯攻城何城不克公等或居漢地或叶周親或膺重寄於話言或受顧命於宣室言猶在耳忠豈忘心一坏之土未乾六尺之孤安在儻能轉禍爲福送往事居共立勤王之功無廢大君之命凡諸爵賞同指山河若或眷戀窮城徘徊岐路坐昧先幾之兆必貽後至之誅請看今日之域中合是誰家之天下

應詰

余以三伏辰行至七里灘此地即新安江口也有嚴子陵釣磯焉澄潭至清洞徹見底往往有羣魚戲歷歷如水行耳人有釣者試取餌而投之或有浮而不顧者或有含而復吐者或有廉隅莫之近者或有貪

而輒吞之者引竿而舉因以獲焉其始出也乃掉尾揚鬐有若恃力而自勉其少退也則鼓鰓濡沫有似屈體而求哀嗟乎勢牽於人道窮乎我將欲以下座而歌馮子又安能中輟而呼莊周哉余乃祝曰猛獸搏也拘於檻穽鷙鳥攫也繫於籠樊素龜靈也被髮河津白龍神也挂鱗罝網何不泥潛而穴處何故貪餌而吞鉤乎於是放之江流盡其生生之理時同行者顧詰余曰夫至人之處世也擬迹而後投隱心而後動終始不易其道悔吝不生其情而吾子沈緍於川登魚於陸烹之可以習政術羞之可以助庖廚曩求之將何圖今捨之將何欲余笑而應之曰聖人不

百齡嗟倏忽一旦附山阿丹桂銷亡盡青松哀思多
薰風應聽曲薤露反成歌自有藏舟處誰憐隙駟過
惻愴恒山羽留連棣蕚篇佳城非舊日京兆即新阡
城郭三千歲丘陵幾萬年惟餘松柏隴朝夕起寒煙
短歌三獻曲長夜九泉臺此室玄扃掩何年白日開
荒郊踈古木寒隧積陳荄獨此傷心地松聲薄暮來

駱賓王文集卷第十

圖書在版編目(CIP)數據

宋本駱賓王文集/(唐)駱賓王撰.—上海：上海古籍出版社，2017.3
ISBN 978-7-5325-8332-4

Ⅰ.①宋… Ⅱ.①駱… Ⅲ.①駱賓王(約626或627-684後)—文集②唐詩—詩集③古典散文—散文集—中國—唐代 Ⅳ.①I214.212

中國版本圖書館CIP數據核字(2017)第031962號

ISBN 978-7-5325-8332-4

9 787532 583324 >

宋本駱賓王文集(全二册) (唐)駱賓王 撰

出版 上海世紀出版股份有限公司
上 海 古 籍 出 版 社
(上海瑞金二路二七二號 郵政編碼二〇〇〇二〇)
(一)網址：www.guji.com.cn
(二)E-mail：guji1@guji.com.cn
(三)易文網網址：www.ewen.co

發行 上海世紀出版股份有限公司發行中心發行經銷

印刷 杭州蕭山古籍印務有限公司

開本 七〇〇毫米 乘 一三八〇毫米 六分之一

印張 三四又六分之四

版次 二〇一七年三月第一版
二〇一七年三月第一次印刷

書號 ISBN 978-7-5325-8332-4/I·3140

定價 貳佰陸拾捌元